De l'Imprimerie de JEAN LACOURT, rue Sainte Colombe.

A JUGER

En l'Audience de la Grand'-Chambre.

POUR Dame Marie-Paule de Jonglins, veuve de Messire Jacques-François-Joseph de Canolle, Seigneur de Lescours, tant en son nom que comme Tutrice de ses enfans, Apellante d'un Apointement rendu au Sénéchal de Libourne le 4. Septembre 1753.

CONTRE le Sieur Bouquey Maire, le Sieur Sudrau Jurat de Saint Emilion, & les autres Jurats de la même Ville, Intimez.

L'Exposante n'a d'autre objet que de conserver à sa famille des droits honorifiques qui lui sont acquis par une possession constante & immémoriale, dans laquelle elle a été troublée d'une maniere injurieuse, par une violence ouverte & à main armée. Les Jurats de Saint Emilion, auteurs d'une pareille entreprise, peuvent tant qu'ils voudront user de déguisement & d'artifice, se livrer à des déclamations insipides & outrées, ils feront toûjours des efforts impuissans pour colorer un procédé aussi odieux qu'indécent, & pour justifier un Apointement qui l'autorise & qui en assure l'impunité.

La famille de Lescours possède des Fiefs très-considérables dans la Paroisse de Saint Sulpice près Saint Emilion, elle a de tout tems marqué ses bienfaits envers l'Eglise Paroissiale, qui se trouve placée dans une angle à l'extrêmité du Parc du Château, auquel elle confronte des côtez , & est bornée d'ailleurs par deux Chemins publics. Cette famille a toûjours été en possession de différens honorifiques dans ladite Eglise , & notament d'une Litre qui y existoit de toute ancienneté.

Après le décez du Sr de Lescours, l'Exposante sa veuve, pour rendre à sa mémoire les honneurs qui lui étoient dûs , crut devoir faire rafraichir & peindre de nouveau la Litre dont on vient de parler. La politesse & la bien-séance exigeoient qu'elle en prévint le Curé : c'est ce qu'elle fit , & le Curé , nouveau Titulaire du Benefice , demanda quelques jours pour se consulter sur ce qu'il avoit à faire dans cette occurrence. Il vint en effet au bout de huit jours dire que cela ne pouvoit pas le concerner , & qu'il ne devoit y prendre aucune part. Mais la suite a fait voir qu'il avoit employé ce délai à informer les Jurats de Saint Emilion du dessein de l'Exposante , afin qu'ils prissent toutes les mesures nécessaires pour le croiser.

En conséquence, & de concert avec eux , le Curé depuis la réponse qu'il avoit portée à l'Exposante , eut grande attention de tenir la Porte de l'Eglise fermée & de se nantir des Clefs ; en sorte qu'un Peintre que l'Exposante avoit fait venir de Branes, s'étant presenté avec son Garçon le 14 Septembre 1752. à dix heures du matin, ne pût point pénétrer dans l'Eglise , & attendit inutilement toute la journée le Sacristain, qu'on disoit avoir les Clefs , & qui travailloit à la journée. Il n'étoit pas naturel que l'Exposante passât tout de suite à des Actes pour faire cesser une démarche aussi insidieuse, & qui devint inutile par la vigilance du Peintre : il entendit le lendemain 15. sonner l'*Angelus* , & présumant bien que l'Eglise seroit ouverte, il saisit ce moment pour y entrer avec son Garçon, il commença son ouvrage.

Aussi-tôt un émissaire secret va porter l'allarme chez les Jurats, qui attendoient des nouvelles. On sonne la grosse Cloche sous prétexte d'assembler la Jurade, & on députe le Maire & un Jurat pour se transporter à Saint Sulpice avec un cortege assez nombreux & bien armé. L'objet de cette députation parut d'avance si indécent aux Jurats eux mêmes, qu'ils ne crûrent pas devoir l'exprimer bien nettement dans une prétenduë Déliberation qu'ils prirent à ce sujet. Ils y disent qu'ils ont été avertis qu'un grand nombre de personnes avoient pendant la nuit investi l'Eglise, que le Sacriftain étant allé fonner l'*Angelus*, cette troupe avoit fondu fur lui, & l'avoit forcé d'ouvrir les Portes, que cette invafion nocturne, avec attroupement, annonce quelque mauvais deffein. En conféquence ils députent le Maire & deux Jurats pour fe tranfporter fur le champ avec une efcorte convenable dans ladite Eglife pour y prendre & faifir les coupables ; & en cas, eft-il ajoûté, qu'il fût feulement queftion de quelque entreprife fur les droits & honneurs de l'Eglife, pour s'oppofer à toute efpéce d'innovation & autres entreprifes. On a fait valoir cette Déliberation comme étant fignée par un nombre d'honnêtes gens de Saint Emilion, tandis qu'elle n'eft fignée que du Maire & des Jurats, dont trois devoient compofer cette importante députation.

La derniere claufe de la Déliberation ne permet pas de fe méprendre fur le veritable objet des Jurats : mais en ce cas, pourquoy l'expliquer d'une maniere auffi miftérieufe ? pourquoy faire précéder cela d'un préambule auffi extraordinaire, & qui ne conduifoit à rien de pareil ? Peut-on rien voir qui dévoile mieux les fcrupules dont les Jurats fe trouvoient agitez, & le cri interieur qui fe foûlevoit en eux-mêmes contre une entreprife de cette nature.

Les Députez à la tête de leur efcorte fe rendent donc à Saint Sulpice, ils font inveftir l'Eglife pour écarter les Témoins dont une équipée auffi finguliere pouvoit exciter la curiofité, ils placent quelques uns de leurs gens à la porte comme en Sentinelle, ils entrent avec le refte de leur Troupe, & trouvent l'Expofante en prieres accompagnée de fa Femme de Chambre feulement, le Peintre & fon Garçon étant alors à déjeuner.

L'Expofante ne put diffimuler dans ce premier moment l'étonnement où la jettoit l'apparition des Jurats affortie des circonftances dont on vient de parler ; mais elle fut encore plus furprife lorfqu'elle en fçut le fujet, & qu'elle vit le Maire luy demander brufquement fi elle avoit des Titres qui lui donnaffent le droit de Litre. La notorieté publique étoit la premiere réponfe qu'on pouvoit fournir à ce qui vive, & l'Expofante y en ajoûta une particuliere, en montrant du doigt au Maire une portion confiderable de Litre qui n'avoit pas encore été touchée par le Peintre & qui paroiffoit fort ancienne. C'en étoit bien aſſez pour prouver qu'il n'y avoit aucune innovation, & pour n'être pas expoſé à des voyes de fait. Mais rien n'étoit capable d'arrêter l'intrépide Maire déja bouffi de la glorieuſe commiſſion qu'on luy avoit confiée. Agiſſez, dit-il fierement à ſa troupe, qui dans le même inſtant commença à uſer de quelques Rapes ou autres inſtrumens portez exprès pour effacer la Litre.

Les fortes repreſentations de l'Expoſante ſuſpendirent à la verité pour quelques momens une voye de fait auſſi inoüie ; mais comme elle vit que la Soldateſque Bourgéoiſe n'attendoit pour recommencer qu'un nouvel ordre que leur Commandant étoit tout diſpoſé à donner, elle crut devoir faire un Acte d'opoſition & de proteſtation pour reclamer l'autorité de la Juſtice. Elle ſignifia elle-même cet Acte ne trouvant dans un moment auſſi preſſant & auſſi critique, ni Notaire ni Huiſſier qu ipût luy accorder ſon miniſtere. Cette proteſtation étoit un nouveau motif pour contenir le Maire & ſon eſcorte : cependant le Maire mit au bas de la copie qui lui étoit ſignifiée une réponſe, par laquelle il vouloit aſſujettir l'Expoſante à ſe ſoûmettre à cet égard à la déciſion des Jurats eux-mêmes, qui étant déja Parties ſe-roient devenus Juges. Il lui propoſa de ſigner cette réponſe, ce qu'elle refuſa de faire, & avec raiſon. Elle prit alors le ſeul parti qu'il y eût à prendre, ce fut de ſe retirer ; & le Maire fit achever d'effacer la portion de Litre qui avoit été fraichement retouchée, parce que dans la préoccupation où il étoit il crut devoir ſe borner là.

Il retourne après ce bel Exploit en triomphe à Saint Emilion, où il porte la nouvelle du ſuccez de ſa commiſſion : mais après les premiers momens d'allégreſſe, le Maire encore affublé de la Couronne cirique qu'on luy avoit décernée, fit réflexion qu'il avoit laiſſé dans l'Egliſe un Témoin muët qui dépoſoit hautement contre luy, c'étoit la portion de Litre ancienne & qui n'avoit point encore été retouchée : circonſtance d'autant plus eſſentielle, que le Fait auroit pû être conſtaté par le Verbal qu'on ſçavoit bien que l'Expoſante alloit demander en Juſtice : ce fut donc pour prévenir cela que le Maire retourne le lendemain à Saint Sulpice avec le même cortége que la veille, il fait effacer la portion de Litre qu'il avoit épargnée ; & pour couvrir encore mieux le corps du délit il fait enduire toute la Litre effacée d'une couche de Chaux.

Telles font dans la plus exacte verité les circonstances de cette curieuse opération ; & si pour la pallier les Jurats ont fait un Verbal dans lequel ils ont eu l'artifice d'inserer un détail différent, dont ils prétendent conclure qu'ils ont agi de la maniere la plus polie envers l'Exposante, qu'ils luy ont demandé de leur representer ses Titres, qu'elle les a amusez, qu'elle a usé à leur égard de ruse & de souplesse : s'ils veulent en un mot jetter un faux Vernis sur les procédez de l'Exposante, on leur répondra. 1°. Que la nature même de l'action à laquelle ils se font portez, les circonstances qu'ils ne peuvent pas déguiser, l'aigreur de leur stile & la dureté des expressions dont ils composent leur défense, ne permet pas de douter à quel point ils sçavent porter la politesse & la discretion. 2°. Que ce n'étoit ni le tems ni le lieu d'exhiber des Titres, que l'Exposante leur avoitannoncé par son Acte être prête à produire en Justice, qu'on n'est point obligé de justifier son droit vis-à-vis d'un ennemi qui vient nous en dépoüiller par voye de fait & à main armée ; & que tout le verbiage qu'ils peuvent avoir mis dans ce prétendu Verbal peut d'autant moins excuser la violence dont ils se font rendus coupables, que ce Verbal au reste n'est qu'un miserable chiffon tracé à loisir & avec réflexion, que le Maire n'étant point en fonction de Maagistrature, ne pouvoit pas verbaliser, & s'il avoit été député par ses Confreres, son prétendu Verbal pouvoit bien luy servir de memoire pour rendre compte de sa mission : mais cette Piéce ne peut jamais faire foy en Justice,& n'a pas besoin d'être impugnée.

Les plaintes de l'Exposante furent portées au Sénéchal de Libourne où elle donna une Requête le 16 Septembre, par laquelle elle demanda qu'il lui fût permis d'assigner le Sr Bouquey & Sudrau aux fins de la réintégrande, pour se voir condamner au rétablissément de la Litre dans le même état où elle étoit lors & au tems des voyes de fait, & cependant un transport pour faire état & Procès verbal des lieux. Cette Requête fut appointée d'une Ordonnance conforme. Le Verbal fut fait en presence des Part. adv. Dans la suite Bouquey & Sudrau se presenterent, & le Corps de la Jurade prit leur fait & cause. Cela fut suivi de différentes écritures où les Jurats opposerent dabord une fin de non-recevoir prise de leur prétenduë qualité de

Seigneurs Hauts-Justiciers de la Jurisdiction de Saint Emilion, dans laquelle est comprise la Paroisse de Saint Sulpice. Ils prétendirent ensuite que l'Exposante n'avoit point droit de Litre, & ne pouvoit exercer aucune action ce concernant. L'Exposante soûtint le contraire, & sur cela fut rendu l'Appointement dont est apel. Il porte une relaxance pure & simple des conclusions prises par l'Exposante.

Pour établir les Griefs qui résultent de cette décision, il n'est besoin que de suivre & de réfuter les Moyens proposez par les Part. adv. pour parvenir à la rélaxance qui leur a été accordée. On dit donc en premier lieu que les Jurats de Saint Emilion se décorent très mal à-propos de la qualité de Seigneurs Hauts-Justiciers, & qu'ainsi ils n'ont ni droit positif de joüir des honorifiques dans l'Eglise de Saint Sulpice, ni droit prohibitif contre ceux qui en joüissent. Cette petite discussion fatigue les Jurats de Saint Emilion parce qu'elle blesse leur ridicule vanité, mais on ne croit pas pour cela être obligé de leur en faire grace.

Ils se fondent sur de prétenduës Lettres Patentes données par un Edoüard Roy d'Angleterre, mais qui n'avoient été ni signées ni scellées, & qui avoient au contraire demeuré dans la Chancellerie de ce Prince comme un simple projet : elles sont seulement raportées dans de nouvelles Lettres données par un antre Edoüard, petit-fils du premier ; en sorte que ce sont ces nouvelles Lettres qui forment le seul Titre sur lequel les Jurats puissent apuyer leur prétention. Cela posé, ces Lettres Patentes n'attribuënt point aux Jurats de Saint Emilion la propriété de la Justice, mais simplement l'exercice : *habeat & exerceat*, disent ces Lettres : le premier terme est expliqué suffisament par le second, & encore mieux par les suivans, où le Prince qui fait la concession se reserve *exercitatio ultimi supplicii*. Il ne parle point de propriété, mais seulement d'exercice : c'est donc l'exercice seulement qu'il a voulu attribuër aux Jurats, qu'il a préposez comme Officiers pour la distribuër ; & cela est si vrai, qu'il n'impose aucun devoir ni ne reserve aucun hommage, ce qu'il n'eût pas manqué de faire si sa concession eût porté sur la propriété de la Justice.

Quand on voudroit même l'entendre différament, il n'en resulteroit aucun avantage pour les Jurats dans le cas present, parce

qu'aux termes de ces Lettres Edoüard s'est reservé la Justice pour
le dernier suplice, & pour les affaires criminelles : il n'auroit
donc pas donné aux Jurats ce qui constituë le mere & mixte im-
pere, & la vraïe Justice. Ainsi les Jurats en supposant & la réa-
lité & la validité de la prétenduë concession, n'auroient point
veritablement la qualité de hauts Justiciers, & ne pourroient pas
prétendre aux honorifiques de l'Eglise, qui ne sont dûs qu'à celui qui a la Justice en tout genre, *omnimodam Jurisdictionem*,
suivant de Roye *de jurib. honorif.* ch. 4.

Mais ce qu'il y a de plus décisif, c'est que les Lettres Patentes dont il s'agit sont inutiles & sans effet. On a prouvé dans la
Plaidoirie qu'elles avoient été données par Edoüard VI. Roy d'Angleterre, & soi-disant Roy de France, qu'elles étoient de l'année 1341. Or la Guienne étoit alors confisquée depuis près de
cinquante ans pour cause de felonie : le Vassal ne pouvoit donc
pas dans cette position faire des aliénations, ou du moins ces
aliénations ont tombé par la réünion qui s'est faite ensuite de la
Guienne sous le regne de Charles VII. en vertu de la confiscation déja prononcée depuis 1293.

Pour se défendre de ces raisons, les Jurats ont prétendu que
leurs Priviléges avoient été confirmez après la réünion par Charles VII. & par plusieurs Rois ses successeurs ; mais ils ont crû sans
doute que ces confirmations ne pouvoient pas suporter la discussion & la lumiére, puis qu'ils n'ont pas trouvé à propos de les
faire connoître par les voyes ordinaires. On se contentera donc
de leur dire que Charles VII. après la réünion, donna à toutes
les Villes de la Province des Lettres, par lesquelles il confirmoit
les Priviléges accordez par les Rois d'Angleterre comme Ducs
de Guienne, mais non comme Rois de France. Il ne confirma
point d'ailleurs les Priviléges accordez, ni les aliénations faites
depuis la confiscation, & par ce moyen les Patentes données
par Edoüard VI. aux Jurats de Saint Emilion, n'ont point été
confirmées par Charles VII. ce Prince n'a point accordé aux Jurats la propriété de la haute Justice, & ses successeurs n'ont fait
que confirmer ce qu'il avoit fait lui-même. Toutes ces confirmations ne s'apliquent donc qu'à l'exercice de la Justice.

Ce qui le prouve bien évidament, c'est qu'on les défie de
raporter un seul hommage qu'ils ayent rendu pour la prétenduë

propriété de la Justice qu'ils veulent s'arroger. Ils ne joüiffent pas même de la totalité de la Justice, ils n'ont que la Police, quelquefois la connoiffance du petit criminel, & des condamnations d'amende pour dommage. Le refte de la Justice eft exercée par un Juge Royal prépofé par Sa Majefté; d'où il fuit deux conféquences.

La premiere, que la portion de Justice qui eft dans les mains des Jurats, n'y eft point à titre de propriété, mais à titre de fimple exercice; car s'ils en étoient propriétaires, ils ne pourroient pas l'exercer par eux-mêmes, cela étant prohibé aux Seigneurs hauts Jufticiers par les anciennes Ordonnances, & l'on ne peut pas en excepter les Villes ou Communautez, parce que cette exception eft condamnée par les articles 71. & 72. de l'Ordonnance de Moulins, & l'on en voit un exemple dans les Jurats de Bordeaux, qui font exercer par des Officiers qu'ils prépofent la haute Justice qui apartient à la Ville.

La feconde, c'eft que la propriété de la haute Justice de Saint Emilion apartient fi bien au Roy, qu'il la fait exercer par un Juge prépofé à cet effet, ce qui ne feroit pas, fi cette propriété étoit dans les mains des Jurats, parce qu'en ce cas Sa Majefté n'auroit pas pû difpofer de l'exercice, & tout ce qu'on auroit pû exiger des Jurats, c'eût été de prépofer eux-mêmes des Officiers qui n'auroient jamais été que feigneuriaux. Il eft donc fort inutile de relever que les Jurats peuvent rembourfer ce Juge, parce qu'il n'en eft pas moins Officier prépofé par le Roy comme propriétaire de la Justice, & qu'en le rembourfant les Jurats ne feront que prendre fa place, réünir dans leurs mains les fonctions qui font dans les fiennes, & qu'il ne tient pas d'eux, & exercer la Justice au nom du Roy comme fimples Officiers.

Les Jurats cherchent en vain à s'apuyer fur un Jugement rendu par Mr de Seve comme Commiffaire nommé par le Roy, & qui maintient les Jurats dans le droit de Pêche fur la Riviere de Dordogne, à caufe, eft-il dit, de la haute, moyenne & baffe Juftice, tant fur terre, que fur la Riviere; car en premier lieu, Mr de Seve n'étoit point prépofé pour décider fi la haute Justice pouvoit, ou non, apartenir en propriété aux Jurats de Saint Emilion, & il n'en étoit pas queftion devant lui. En fecond lieu, il ne paroît pas qu'ils euffent pris dans l'Inftance de ce Jugement la qualité de Seigneurs hauts Justiciers ; ni qu'ils euffent établi par aucun Titre cette même qualité. En troisiéme lieu, ils avoient affaire à Vialet ; Fermier des Domaines & droûs y joints ; & l'on fçait affez comment les Communautez terminent les affaires qu'elles ont avec des gens de cette efpece. En quatriéme lieu, le vice de la décifion de Mr de Sève fe manifefte affez clairement, puifque fans aucun Titre réel ou préfumé de la part des Jurats, il leur attribuë la Pêche fur la Riviere de Dordogne, fans autre fondement que leur feule qualité prétenduë de Seigneurs hauts Jufticiers ; tandis que tous les Auteurs & les Ordonnances ; no-tament celle des Eaux & Forêts, tit. de la Police, nous apren-nent que la feule qualité de Seigneur haut Jufticier n'attribuë point le droit de Pêche fur les Rivieres navigables, parce qu'elles apartiennent au Roy ; & fi Mr de Seve s'eft trompé fur cet arti-cle, pourquoi ne fe feroit-il pas trompé fur la propriété de la Juftice, qui n'étoit même pas établie devant lui ? Enfin ce Ju-gement, après ces obfervations, ne peut pas tenir devant le fait actuel, pris de ce que les Jurats exercent par eux-mêmes une portion de la Juftice, & que l'autre, beaucoup plus confidérable, eft exercée par un Officier Royal. C'eft donc affez en dire pour faire évanoüir la qualité de Seigneurs hauts Jufticiers, & pour prouver que c'eft une chimére dont les Jurats fe préoccupent fans fujet.

Après avoir ainfi écarté cette fin de non-recevoir, qui paroît même avoir été méprifée par l'Apointement dont eft apel, puis qu'il prononce par rélaxance, il refte à prouver que la Dame de Lefcours, en vertu d'une poffeffion immémoriale, a un droit de Litre, qu'elle avoit une action pour s'y maintenir & pour en ob-tenir le rétabliffement ; action dont les Jurats ont été injuftement relaxez.

Ils ont beaucoup parlé de patronage, de ce qui le conftitue, de la maniere dont il fe forme & fe foûtient, des marques qui le caractérifent, des preuves qui l'établiffent ; & après s'être bien étendus là-deffus, ils fe jactent qu'on ne répond rien aux Auteurs qu'ils ont citez. On pourroit leur dire qu'ils fe trompent ; on leur a cité des Auteurs qui ne font pas petits, & qui difent que le patronage même peut s'acquerir par poffeffion immémoriale. C'eft le fentiment de Dumoulin fur la regle *de infirm. n. 47. de*

C

Vanefpen part. 2. tit. 25. ch. 3. n. 16. & 30. de Dunoyer dans fes remarques fur les défin. canon. *verb*. patron. n. 438. de Perard Caftel à la fin du n. 2. de Simon traité du droit de patronage tit. 2. de Roye du droit de patron. ch. 16. mais tout cela eft furabondant, parce qu'il ne s'agit pas ici du droit de patronage en foi, & que la queftion fe réduit à favoir fi on peut acquerir un droit de Litre par poffeffion immémoriale : l'Expofante foûtient l'affirmative de cette propofition.

Le Patron & le Seigneur haut Jufticier font fondez en droit commun à prétendre les droits honorifiques dans l'Eglife : c'eft-à-dire que le droit commun les leur attribuë, & qu'ils n'ont befoin que de leur feule qualité pour joüir de tous les honneurs que l'ufage y a attachez, quoi qu'ils ne les poffedent pas actuellement : cela n'eft cependant pas exclufif d'un droit particuculier, en vertu duquel les honorifiques peuvent être acquis à d'autres qu'au Seigneur haut Jufticier, ou à celui qui fe prouve veritablement Patron. Quand on a fondé, édifié & doté l'Eglife, & qu'on le prouve, cela feul eft fuffifant pour former le patronage, fans qu'il foit befoin de l'avoir refervé ni d'en avoir pris titre : de moindres bien faits n'acquierent point par eux-mêmes le droit de patronage, & tout ce qui doit naturellement en dépendre, mais ils peuvent être affez confidérables pour autorifer un titre & une conceffion de certains honorifiques, comme une marque de reconnóiffance pour le bien fait.

C'eft fur ce fondement que la poffeffion immémoriale des honorifiques en acquiert le droit au poffeffeur, ou en vertu d'un patronage préfumé & dont les preuves peuvent s'être perduës par la révolution des tems : ou parce que les prérogatives d'honneur & les marques de diftinction dont quelqu'un joüit de tout tems, ne permettent pas de douter que fes auteurs dans le principe, ont exercé des bienfaits & des liberalitez envers l'Eglife, qui de fon côté a voulu leur donner des preuves de fa reconnóiffance par la conceffion de certains honorifiques : ou enfin parce que fuivant les principes les plus connus, ce qui peut être acquis par titre, peut l'être également par poffeffion immémoriale, dès qu'il n'y a pas du moins fur la tête du poffeffeur une incapacité perfonnellé & qui forme un obftacle à ce qu'il acquiere le droit.

Or les Laïques ne sont point incapables par leur état de posseder ni d'acquerir les droits honorifiques ; ils peuvent les avoir par titre, ils peuvent donc les avoir par la possession immémoriale : il faut à la verité une cause productive de ces honneurs, & cette cause peut être établie par un titre ; mais le titre peut ne plus subsister, & la possession immémoriale en tient lieu, elle en a la force & l'effet, elle est elle-même un titre & fait présumer que dans l'origine les honorifiques ont été acquis par quelqu'une des voyes que le Droit autorise. On en trouve un exemple dans la matiere des Dîmes inféodées, qui n'exigent pas moins un titre que les honorifiques de l'Eglise, & cependant malgré la prohibition déja prononcée depuis plusieurs siécles sur la tête des Laïques pour posseder les Dîmes à titre d'inféodation, elles sont acquises par la possession immémoriale dès qu'on suppose que cette prohibition remonte avant le tems de la prohibition. Pourquoy ne voudroit-on pas qu'il en fût de même à l'égard des honorifiques de l'Eglise, dès que les Laïques, comme on vient de le dire, ne sont pas même actuellement incapables de les avoir & de les posseder, qu'il y a des causes & des moyens qui peuvent les leur acquerir, & que tout cela doit être présumé par la force de la possession immémoriale.

Tout ce qu'on peut faire à cet égard, c'est de distinguer le cas où il y a un Patron veritable & bien reconnu, d'avec le cas où il n'en paroît point. Au premier cas la possession immémoriale peut n'avoir pas autant d'effet, ou parce que n'étant appuyée que sur une présomption, cette présomption ne peut pas se soûtenir vis-à-vis de la verité, dès que le patronage est réellement établi & prouvé sur la tête d'un autre : ou parce qu'on ne peut pas prescrire contre le Patron lui-même : ou enfin pour éviter la multiplication de ces sortes de droits. Mais au second cas on ne retrouve pas les mêmes raisons, & rien n'empêche alors que la possession immémoriale ne serve de titre pour acquerir & conserver les droits qui ont été possedez.

Tel est le sentiment de tous les Auteurs qu'on a déja citez, & qui estiment que le droit de patronage en soy peut même être acquis par possession immémoriale, à plus forte raison de simples honorifiques. *In Galliâ*, dit Vanespen, *Titulus non re-*

quiritur, ubi poſſeſſio excedens memoriam hominis pro titulo habetur. C'eſt auſſi ce que décide de Roye au lieu ci deſſus cité, & la raiſon qu'il en donne, c'eſt que les Laïques étant par eux mêmes capables d'acquerir les droits honorifiques, le Droit commun ne s'oppoſe point à ce qu'ils puiſſent les acquerir par poſſeſſion immémoriale, laquelle eſt en ce cas préſomptive d'une conceſſion primitivement faite en faveur des auteurs du poſſeſſeur.

Marechal des dr. honor. ch. 5. pag. 477. de l'Edition de 1705. dit qu'en pluſieurs Païs les ſimples Seigneurs de Fief, ſont dans l'uſage de faire peindre Litres :] il prétend bien que c'eſt plus par ſouffrance que par droit ; mais quand la poſſeſſion immémoriale les autoriſe, le droit devient alors abſolument hors d'atteinte, & c'eſt pour cela que l'Auteur dit enſuite que ſi le ſimple Seigneur de Fief eſt en poſſeſſion de faire peindre Litre, le Patron, ou le Seigneur haut-Juſticier peut faire mettre la ſienne au-deſſus, ce qui prouve bien que le Seigneur de Fief ne peut point en ce cas être dépoüillé, & qu'il a veritablement un droit qu'il peut conſerver. *Il ne faut point, pourſuit encore le même Auteur dans un autre lieu, troubler legerement dans la poſſeſſion des droits honorifiques, tellement que celuy qui a la poſſeſſion immémoriale doit y être conſervé & maintenu.*

Simon dans ſon traité du dr. de patron. mis à la ſuite de Marechal tit. 16. dit que le Seigneur de Fief peut acquerir les droits honorifiques, par une poſſeſſion ancienne, ſur-tout ſi le Manoir du Seigneur haut-Juſticier eſt dans une autre Paroiſſe, parce qu'il a aptitude pour joüir des honneurs, mais ce n'eſt qu'autant qu'il en a la poſſeſſion : ainſi le Seigneur de Fief peut donc acquerir les droits honorifiques par la ſeule poſſeſſion, parce qu'il eſt capable de les poſſeder. C'eſt encore ce que repete le même Auteur au titre 20. où il dit que les Seigneurs de Fief ne peuvent pas être exclus des droits honorifiques dont ils ont une poſſeſſion ancienne, d'autant qu'ils ont été capables d'acquerir par ce moyen un droit qu'on leur a toleré ſi long temps, & il parle enſuite taxativement du droit de Litre.

La poſſeſſion immémoriale ſuffit donc pour acquerir un droit hononorifique dans une Egliſe, quand même celui qui le reclame

ne feroit ni Patron ni Seigneur haut-Jufticier. C'eſt l'avis d'Ar-
gentré dans fon confeil 5. d'Olive liv. 2. ch. 11. où il raporte un
Arrêt du Parlement de Touloufe qui admit un fimple Seigneur
de Fief à la preuve de la poffeffion immémoriale pour un droit
de Litre. Larocheflavin des droits feigneuriaux ch. 23. art. 4.
dit que la poffeffion immémoriale acquiert au Seigneur de Fief
le droit de Litre comme les autres honorifiques. Il ne fait pas
à la verité là-deffus une differtation de dix pages, mais fa décifion, pour être laconique, n'en eſt pas moins expreſſe, d'autant mieux qu'il la foûtient par les préjugez qu'il rapporte.
Cambolas liv. 2. ch. 23. en cite auffi plufieurs qui ont admis
à la preuve de la poffeffion immémoriale pour un droit de Litre. Maillard fur la Coût. d'Artois art. 14. n. 19. & après luy
Rouffeau de Lacombe dans fon Recuëil des Jurifpr. canon.
verb. droits honorifiques fect. 1. pag. 282. rapporte un Arrêt
rendu au Grand Confeil en 1701. par lequel un Seigneur de
Fief, dont la mouvance ne touchoit ni l'Eglife ni le Cimétié-
re, fut maintenu fur la feule poffeffion dans les honorifiques
de l'Eglife. Duffaut fur l'Uf. de Saintes art. 11. décide auffi
pour la poffeffion immémoriale en faveur du fimple Seigneur
de Fief, tant à l'égard de la Litre, que des autres honorifiques. *fuivre Piet. deprotque le modvie. verb. Litres.*

On ne portera point la préfomption jufques à s'ériger en Juge
du mérite de ces Auteurs, ni décider s'ils font grands ou petits;
mais on croit avec de tels garants pouvoir foûtenir que le droit
de Litre peut être acquis par poffeffion immémoriale: on croit
pouvoir les oppofer à Loifeau, qui ne pofe pas des principes trop
clairs; qui au n. 80. & fuivans paroît même accorder quelque
chofe à la poffeffion immémoriale, qui tombe d'ailleurs dans
des contradictions avec lui-même, & qui examiné avec les yeux
d'une critique fevere, paroîtroit peut-être au-deffous des éloges
magnifiques que les Jurats ont affecté de lui prodiguer.

En vain cherchent-ils à tirer avantage d'une Déclaration donnée par François premier en 1539. car en premier lieu, cette
Déclaration a été donnée taxativement pour la Province de Bretagne, cela refulte des termes de la Déclaration même: ainfi
elle ne fait pas loi pour les autres Païs: c'eſt ce qui eſt établi
par Guiot l'Auteur favori des Part. adv. En fecond lieu, & fui-

vant le même Auteur, François premier rendit une seconde Déclaration, portant que la premiere n'auroit lieu que pour l'avenir; en sorte qu'aujourd'hui même en Bretagne, dit encore le même Guiot, ceux qui ont une possession immémoriale, & qui alléguent qu'elle remonte avant 1539. sont maintenus dans les droits honorifiques en vertu de cette possession; d'où il resulte bien évidament, que loin que cette Déclaration favorise le sistême des Part. adv. elle le condamne au contraire de la maniere la plus formelle, & que dans les Païs pour lesquels cette Déclaration n'a pas été faite, on ne peut pas revoquer en doute que la possession immémoriale est un Titre suffisant pour acquérir le droit de Litre & les autres honorifiques.

Cela est du moins certain dans la Jurisprudence de la Cour; Lapeyrere en a fait une décision lett. L. n. 94. & à la lett. C. n. 2. on trouve deux Arrêts; l'un du premier Mars 1678. qui jugea qu'un Particulier avoit acquis par possession immémoriale le droit de se faire recommander aux Prières nominales; l'autre du 25 Mars 1706. qui jugea que la Dame de Lasalle par la même possession avoit acquis le droit de se faire presenter l'Eau bénîte à la Porte de l'Eglise, & se faire porter la Croix dans son Banc. Ces deux Arrêts admirent même la preuve vocale de la possession.

Il ne s'agit donc plus que du fait, & de savoir si l'Exposante a en sa faveur la possession immémoriale d'une Litre dans l'Eglise de Saint Sulpice. La premiere preuve nous en a été administrée par les Jurats eux mêmes; forcez de reconnoître l'existance d'une Litre ancienne dans cette Eglise, ils ont prétendu que c'étoit le Chapitre de Saint Emilion qui l'avoit faire autrefois apposer. Mais comment cela seroit il possible? Le Chapitre n'a point le droit de patronage, il n'a que la presentation au Benefice, qui ne conclud rien, il n'a jamais joüi d'aucuns honorifiques dans l'Eglise de Saint Sulpice, & l'on n'ignore pas que les Corps ou Communautez même qui ont le droit de patronage ne peuvent pas faire peindre des Litres. Il n'est donc ni vrai ni vraisembláble que le Chapitre ait fait apposer une Litre, & il faut détacher cette circonstance, très mel-à-propos imaginée par les Jurats, pour ne laisser subsister que le fait de l'existance d'une Litre ancienne qui étoit incontestablement de la famille de Lescours.

Cela eſt établi par deux Actes des années 1669. & 1670. qui ſont raportez. Il en reſulte que le Sr de Geres Camarſac prétendit conteſter à la famille de Leſcours le droit de preſſéance à l'Offrande & pour le Pain béni. Cette conteſtation fut ſoûmiſe à la déciſion de deux Arbitres, & on prit pour ſur-Arbitre Mr de Monjon Conſeiller en la Cour. Ce Magiſtrat ſe contenta de dire ſon avis verbalement, & il décida que la preſſéance ne pouvoit pas être conteſtée à la famille de Leſcours, ſi elle avoit une Litre dans l'Egliſe, un Banc & un Tombeau relevé dans le Chœur. Cette ouverture faite de bonne-foi par Mr l'Arbitre, donna lieu au Sr de Geres de ne pas ſouſcrire à ſa déciſion, & l'affaire fut renvoyée à Mr de Saint Luc, Commandant dans la Province.

La conteſtation fut pendante devant Mr de Saint Luc pendant près d'une année, on eut le tems de prendre tous les éclairciſſemens convenables, les Parties fournirent des Mémoires & firent des Productions. Le Sr de Geres qui ſavoit très-bien que Mr de Monjon en ſuppoſant qu'il y avoit une Litre apartenante à la famille de Leſcours, un Banc & un Tombeau relevé dans le Chœur, avoit pris cela même pour principal ou même pour unique motif de ſon avis, devoit craindre que cela ne fît la même impreſſion ſur Mr de Saint Luc, il avoit par conſéquent un intérêt bien ſenſible à dénier ce fait, s'il eût été faux & ſuppoſé, c'étoit de ſa part un moyen de défenſe bien court & bien ſimple ; mais au lieu de tenir un pareil langage, il fut forcé de convenir de l'exiſtance du Banc & Tombeau dans le Chœur, & même de la Litre : il ſe rabattit à dire que c'étoit aparament une uſurpation, allégation vaine & impuiſſante, qui laiſſe d'ailleurs dans toute ſa force le fait de l'exiſtance de la Litre. Tout cela reſulte du Jugement rendu par Mr de Saint Luc en 1670. & quelque choſe que veüillent dire les Jurats, il n'en eſt pas moins vrai que cet Acte fournit une preuve de la poſſeſſion de la Litre ; poſſeſſion qu'on ne peut pas dire avoir commencé alors, parce que s'il en eût été ainſi, ſi la Litre eût été appoſée depuis peu de tems, le Sr de Geres n'eût pas manqué de le relever, & que le détour qu'il fut obligé de prendre pour ſe défendre de ce fait, ne permet pas de douter que la Litre exiſtoit alors depuis un tems dont on ne connoiſſoit pas l'origine.

Cette possession s'est continuée depuis, & la Litre a existé jusques au moment où elle a été effacée par les Part. adv. Ils ont bien dit qu'environ 1684. la Dame de Moneins, veuve du Sr de Lescours, ayant fait mettre une Litre, elle avoit été aussi-tôt effacée par l'ordre des Jurats; mais on sent à merveille la foiblesse d'une pareille objection. La Litre apposée par la Dame de Lescours en 1684. n'étoit point une innovation, puis qu'il existoit une Litre auparavant, suivant le Jugement de Mr de Saint Luc. L'affaire terminée par ce Jugement avoit duré assez long-tems, & avoit fait assez d'éclat dans le Païs, pour que les Jurats de Saint Emilion en fussent instruits; & s'ils avoient eu quelque droit de s'opposer à l'exercice de cet honorifique, ils n'auroient pas attendu jusques en 1684. & il n'y avoit pas alors de raison nouvelle pour se porter à cette entreprise, puis qu'on ne faisoit que rafraichir une Litre déja extante depuis long-tems.

Mais au reste, où est la preuve que la Litre ait été effacée en 1684. par ordre des Jurats? On est reduit à invoquer à ce sujet une tradition populaire, qui n'a rien de plus certain que l'allégation des Part. adv. on ajoûte que lors du Verbal fait par le Lieutenant Général on a trouvé dans le Sanctuaire des preuves qu'il y avoit eu une Litre anciennement effacée. Mais à suivre même les notoriétez du Verbal, il paroît que l'effacement de la Litre dans le Sanctuaire ne peut jamais remonter à 1684. on a dit, & le fait est vrai, que c'étoit le feu Sr de Lescours lui même, qui en faisant blanchir l'Eglise il y a douze ou quinze ans, avoit fait couvrir la Litre dans le Sanctuaire, par respect pour cette portion de l'Eglise; & qu'il avoit laissé subsister la Litre dans le reste de l'Eglise; & sans se jetter à cet égard dans des discussions inutiles, il suffit d'observer que la Litre existoit encore lors & au tems du décez du Sr de Lescours, & que l'Exposante avoit seulement commencé à la faire retoucher lors de l'entreprise des Jurats. Ce fait seul répond à tous leurs raisonnemens & à leurs fausses allégations; car dès qu'il est établi que dès 1670. la Litre existoit de tems immémorial, s'il est vrai qu'elle existât encore en 1752. cela forme deux extrèmes qui prouvent évidament que la possession s'est soûtenuë, & qu'elle est immémoriale.

Auſſi les Jurats ſoûtiennent-ils affirmativement que la Litre n'exiſtoit point avant leur entrepriſe. Mais peuvent-ils conteſter que lors qu'ils ſe tranſporterent à l'Egliſe de Saint Sulpice, l'Expoſante leur montra la majeure partie de la Litre ancienne , & qui n'avoit pas encore été retouchée , que c'eſt cette portion qu'ils vinrent par réflexion effacer le lendemain ? Peuvent-ils diſſimuler encore ce qui eſt établi par le Verbal ? On y voit que le Sr Bouquey ayant voulu hazarder le déni de l'exiſtance de cette Litre , le Procureur de l'Expoſante lui rapella qu'étant environ deux ans auparavant dans la même Egliſe , à l'occaſion des Fiançailles d'une de leurs parentes , il aperçût une Litre , & demanda à qui elle apartenoit ; à quoi le Sr Bouquey répondit qu'elle étoit à la famille de Leſcours. Cette interpellation preſſante demeura ſans réponſe de la part du Maire , qui en avoüa la verité par ſon ſilence. Y a-t'il de la pudeur de venir après cela dénier encore hautement le fait , quand on parle par l'organe d'un tiers , ou qu'on s'explique par écrit ?

Si cette circonſtance ne paroît pas ſuffiſante pour prouver le Fait de l'exiſtance de la Litre , l'Expoſante en offre la preuve vocale , qui ne peut pas luy en être refuſée. Les Jurats n'ont preſque rien dit ſur cet article , ils ſe ſont contentez de ſuppoſer que l'Expoſante avoit fait mettre la Litre tout au tour de l'Egliſe , & de là ils concluënt qu'elle a dénaturé les choſes , & qu'elle ne peut pas être admiſe à prouver l'exiſtence anterieure. Mais ils doivent avoir compris que c'eſt par cela ſeul que la Litre exiſtoit anterieurement , que l'Expoſante a été autoriſée à la faire renouveller , & que ſi ſous ce prétexte , elle ne pouvoit pas prouver le Fait qu'on luy diſpute , ce ſeroit la dépoüiller de ſon droit , par cela même qu'elle en a uſé , ce qui eſt abſurde. D'un autre côté l'Expoſante ſoûtient qu'il y avoit une portion de l'ancienne Litre , qui n'avoit point été renouvellée & que les Jurats ont effacée. Ils conteſtent cela , & ce ſeroit une nouvelle raiſon pour ordonner la preuve ſi elle étoit neceſſaire. Ainſi dès qu'il eſt établi que la poſſeſſion immémoriale peut àcquerir le droit de Litre , & qu'il n'y a de difficulté que ſur le fait de ſçavoir ſi la Litre exiſtoit en 1752. il n'y a d'autre party à prendre que d'en faire la preuve , ſi la choſe ne paroît pas ſuffiſament établie. Les Arrêts rapportez par les Auteurs ci-deſ-

E

fus citez ont ordonné la preuve vocale de la poffeffion en pareil cas : cette preuve n'eft donc pas inadmiffible fur tout lorfqu'elle ne roule que fur un Fait particulier.

Cela pofé il n'eft pas difficile de fe convaincre que l'action de la Dame Expofante étoit légitime, & que les Jurats ne pouvoient pas obtenir leur relaxance pure & fimple. Ils ont d'abord prétendu que fuivant Loyfeau des Seign. ch. 11. il n'y a point d'action pour les droits honorifiques, & qu'il faut implorer l'office du Juge. L'Expofante répond que cette reflexion eft inutile vis à vis d'elle, parce qu'elle s'eft pourvûë par Requête pour demander la permiffion d'affigner, & qu'en implorant l'office du Juge, il faut toûjours en venir au point d'apeller la Partie contre laquelle on l'implore. D'ailleurs Loyfeau a entendu parler même du Patron & du Seigneur haut Jufticier, ce qui eft une erreur manifefte, condamnée par tous les Auteurs & par l'ufage.

On a dit en fecond lieu que le Patron & le Seigneur haut Jufticier peuvent feuls intenter la complainte ou réintegrande, parce qu'eux feuls font fondez en droit commun. Cela ne fignifie rien de plus que quand on dit que le Patron & le Seigneur haut Jufticier font les feuls qui aïent les droits honorifiques de droit commun, ce qui n'eft pas exclufif d'un droit particuiler, comme on l'a déja obfervé, en forte que celuy qui a en fa faveur ce droit particulier, ou acquis par la poffeffion immémoriale, peut exercer la complainte, parce que cela dépend toûjours du droit en foy que peut avoir celuy qui forme l'action. Dans ces matieres l'action en réintegrande *mixtam habet proprietatis caufam.* Celuy qui peut exercer l'action petitoire, a par la même raifon l'action poffeffoire, puifqu'il a le droit qui donne lieu à l'une & à l'autre.

On ne doit point en pareil cas s'arrêter aux fubtilitez des formules, dit Rouffeau de Lacombe Jurifpr. canon. verb. droits honorifiques fect. 9. n. 3. où il ajoûte, que dans tous les cas où la poffeffion immémoriale vaut titre, on peut ufer de la complainte. En effet celuy qui a en fa faveur une pareille poffeffion, doit être maintenu, fuivant Marechal ch. 7. pag. 519. Pour obtenir cette maintenuë on a neceffairement une action ; & il eft indifferent d'examiner fous quelle formule elle eft conçûë : on peut même dire que la maintenuë dont parle cet Auteur suppose une action possessoire, car la raison qu'il en donne, c'est qu'il y a, dit-il, un trouble à une possession légitime, & qu'on est en droit de la faire cesser, sur-tout lorsqu'il est formé par quelqu'un qui n'a ni droit, ni qualité, ni interêt pour contester les honorifiques. Tel étoit le cas où se trouvoient les Jurats de Saint Emilion, ainsi l'Exposante à qui le droit de Litre étoit acquis par possession immémoriale, a pû demander la réintegrande contr'eux.

Les circonstances particulieres du Fait concourent encore à soûtenir cette action. La Litre a été effacée, au mépris de l'Acte d'opposition & de protestation fait par l'Exposante, & dans lequel elle reclamoit l'autorité du Juge. Cet Acte devoit necessairement arrêter les Jurats, & quand ils auroient pû s'interesser à ce qui concernoit les droits honorifiques dans l'Eglise de Saint Sulpice, quand ils auroient été fondez à prétendre que l'Exposante n'avoit pas droit de Litre, après la réclamation qu'elle avoit faite, ils ne pouvoient que se pourvoir en Justice pour faire ordonner que la Litre seroit effacée. Mais au contraire ils passent outre, rien ne peut les contenir, ils reviennent à la charge le lendemain, & dans le tems qu'ils sçavent que faisant suite de son Acte elle va presenter Requête au Sénéchal : n'est ce pas de leur part un attentat formel ?

Or quelles sont les regles en pareil cas ? elles nous sont apprises par Faber dans son Code *ut Lit. pend. &c.* défin. 1. où il dit que les attentats commis au mépris des réclamations de l'autorité de la Justice, doivent avant toutes choses être réparez, quand même les réclamations ne seroient pas fondées : & la raison qu'il en donne, c'est qu'en ce cas, ce n'est point l'interêt seul de la Partie qu'il faut considerer, mais principalement la faveur du bon ordre & de l'utilité publique, & l'offense qui a été faite à l'autorité du Juge, qui étoit réclamée. La Loy 1. ff. *de vi & vi arm.* & divers autres Textes décident bien expressément que celuy qui au mépris d'une protestation ou dénonciation commet une voye de fait, doit rétablir avant toute œuvre sans examiner le droit. C'est aussi la décision de la Loy 1. ff. *de oper. nov. nunt.* Ainsi quand on pourroit supposer, ce qui n'est pas, que l'Exposante n'eût pas

naturellement l'action en réintégrande, pour demander le rétabliffement de la Litre ; ce rétabliffément devoit toûjours être
ordonné à raison de l'attentat & de la récidive.

Il eft également de regle & de principe, que toute injure,
toute vôye de fait doit être réparée, & que celuy qui eft dépoüillé par violence & à main armée, doit être rétabli fans examiner même s'il a droit, ou s'il n'en a pas ; parce que dans un
Etat bien policé, le bon ordre & la tranquilité publique exigent qu'on ne fouffre pas de pareilles entreprifes. Cela eft fondé fur la difpofition de la Loy *fi quis in tantam* Cod. *undè vi*,
& de la Loy 1. ff. *de vi & vi arm.* fuivant lefquelles celuy qui
a été dépoffedé par violence, & à main armée, peut intenter
l'interdit *undè vi* fans diftinction de lieu ni de chofe, ni même de qualité de poffeffion, civile ou naturelle, jufte ou
injufte.

C'eft par cette raifon que de Roye *des* dr. honor. ch. 15.
décide que le poffeffeur, quoi qu'il ne foit pas Patron, peut
demander le rétabliffement, *fi per vim atrocem & armatam de-*
jeEtus fuerit, quia tunc fuffcit qualis qualis poffeffio : & nous trou-
vons dans Papon liv. 23. tit. 5. n. 6. un Arrêt qui attendu
qu'une Litre avoit été effacée violament & en prefence du poffeffeur, en ordonna le rétabliffement, quoi que ce poffeffeur ne
fût ni Patron ni haut Jufticier ; & qu'il n'eût ni titre ni poffeffion immémoriale. Marechal page 520. rapporte le même
Arrêt.

Dans cet état l'Expofante pouvoit donc agir par action poffeffoire & demander le rétabliffement de fa Litre, parce qu'elle
a été effacée en fa prefence, & par conféquent d'une maniere
injurieufe pour elle : cela s'eft fait d'ailleurs violament & à main
armée, par trois Jurats, à la tète d'une vingtaine de Fufiliers.
L'Expofante en offre la preuve, mais elle eft furabondante, &
les Jurats eux-mêmes nous fourniffent dequoi les convaincre
fur ce Fait. Ils difent qu'ils fe font faits accompagner par le
Guet ; & quand on s'en tiendroit là, il n'en faudroit pas da-
vantage pour les condamner. Il ne s'agiffoit pas icy d'une fonction de la Magiftrature, ils ne pouvoient paroître que comme
particuliers puifque cela n'avoit rien qui intereffat la Police, ils
n'étoient donc pas en droit de fe faire efcorter par le Guet.

D'un autre côté les trois Jurats, suivant la Déliberation de l'Hôtel de Ville, étoient députez pour aller à Saint Sulpice, le veritable objet de cette députation étoit bien d'aller effacer la Litre, mais on imagina pour prétexte d'arrêter des coupables & des voleurs qui s'étoient pendant la nuit glissez dans l'Eglise. Il a donc falu conserver les aparences, & donner une escorte convenable : cela est ainsi dit dans la Déliberation ; & l'on voit d'ailleurs dans le prétendu Verbal de Bouquey, qu'il parle des Valets de Ville, & outre cela d'une escorte, qui devoit être nombreuse & bien armée : ainsi la preuve de leur violence est consommée.

Il ne s'agit donc plus même d'examiner le droit de l'Exposante, parce que la violence commise par les Jurats, la mettoit en droit de prendre l'interdit *undè vi*, pour obtenir le rétablissement de la Litre ; & c'est fort inutilement que les Jurats veulent s'échaper, en disant que dans cette supposition l'Exposante devoit se pourvoir uniquement à raison de la voye de fait, & non par l'action en complainte ou réintegrande. Il n'en est pas d'une action en réintegrande, en ce cas, comme dans les matiéres ordinaires, on ne s'arrête point à de vaines formules. Dès que le rétablissement étoit juste, il faloit toûjours l'ordonner, parce que c'étoit là l'objet essentiel ; l'attentat devoit être réparé, la violence reprimée, & ces excès ne pouvoient pas demeurer impunis, sous prétexte d'un mot ou d'une formule.

Mais ce qu'il y a de plus décisif, c'est que suivant les Loix ci-dessus citées, celui qui a été dépossedé violemment & à main armée, peut agir par l'interdit *undè vi*, sans distinction de lieu ni de chose. Or l'interdit *undè vi* n'est autre chose qu'une action possessoire, c'est le premier chef de la complainte : l'Exposante a donc pû se servir du mot de réintegrande, & elle devoit nécessairement obtenir le rétablissement de la Litre, qui lui a été mal-à-propos refusé, & qu'elle attend avec confiance de la Justice de la Cour.

PARTANT, l'Exposante obtiendra les conclusions par elle prises, avec dépens. A quoi conclût.

Me. DURANTEAU,
Avocat.

Me. REYNAL,
Procureur.

www.ingramcontent.com/pod-product-compliance
Lightning Source LLC
Chambersburg PA
CBHW061507170626
46811CB00004B/1646